**CÍRCULO
DE POEMAS**

Quadril & Queda

Bianca Gonçalves

11 Às funkeiras

QUADRIL
19 *Perreo*
20 Jaca/*Juicy* (*feat.* Doja Cat)
21 De quando soube que era mais parecida com a minha vó do que com a minha mãe, no mesmo dia em que descobri que a minha vó foi destaque de beleza no baile da cidade
22 Passinho
25 Sistema de som
26 *Live*
27 *Gender Trouble*
28 Charme
29 Artista total
30 *Imitatio*
31 Monogamia
32 Pós-humana
33 *Brazilian Butt Lift*
34 Chora enquanto dança

35 Cabeça
36 Artista total II
37 Jornada da heroína
38 O voo do passista
39 Breguei safada
40 Discreta na caminhada

QUEDA

43 Olhos d'água
44 Conversa da vovó nos fundos de casa
45 Junguiana
46 O enamorado e o diabo
47 A mulher 30+
49 Canto para Janaína
50 A queda do b-boy
51 *Exposed*
52 Orfandade
53 Não
54 Outro bar (*feat.* Tamara Kamenszain)
56 Totemismo
58 Família
59 Emily e Rebecca
60 Os etíopes não cortarão seus cabelos até que Ras Tafari retorne do exílio
61 Oração a um assistente social

Reparations begin in the body.
  Harmony Holiday

para meninas que dançavam escondido

Às funkeiras

1

é uma dança feita pra trepar direito e parir bem
a professora dizia enquanto instruía
a posição perfeita para traçar um círculo
imaginário no entorno
e joelhos dobrados
os braços fazendo
ondinha

2

com a *mão do twerk* é
mais fácil controlar:
chama-se "puppy tail"
vem do dancehall
aqui a gente chama de
"tremidinha"

3

meu ventre pra frente e
pra trás pra frente e
pra trás: o ocidente inteiro
em derrocada

4

as mulheres de lá não sentem dificuldades na hora do parto

5

meninos que não conheço e têm metade
da minha idade me assistem e
também pensam nos
meus filhos

QUADRIL

Perreo

eu confundi os bailes e
fiz um quadradinho na festa dos
refugiados

tirei a mala suerte quando
por acidente fiz um
comentário muito ácido

un taco muy caliente
que pedi como se
proficiente fosse

entro nas artes
do perreo antes das
onze

troco olhares, bato mi pelo
por mais perra que fosse
não sou aquela

que vive na rua, que ele
afaga, dá gole de breja,
uma calabresa:
a vira-lata caramela.

*Jaca/*Juicy *(feat. Doja Cat)*

vem pra minha
                      casa
lá tem um pé de
                      jaca
que mata
a tua fome
                      vegana

— se é carne de
                      planta
 o que te satisfaz

vem pra minha
                      casa
se você já gosta da
                      frente
imagina
quando vir
a parte de
                      trás

De quando soube que era mais parecida com a minha vó do que com a minha mãe, no mesmo dia em que descobri que a minha vó foi destaque de beleza no baile da cidade

me percebi mais antiga
me percebi mais bonita

Passinho

há um asp
ecto mui
pró
prio

de que
m man
ja o fo
da:

dife
re do
s bai
lantes
de outr
ora

execu
ta co
m a
cabe
ça vol
ta
da
pr
a
bai
xo

e a cin
tura d
a cal
ça pr
a fo
ra

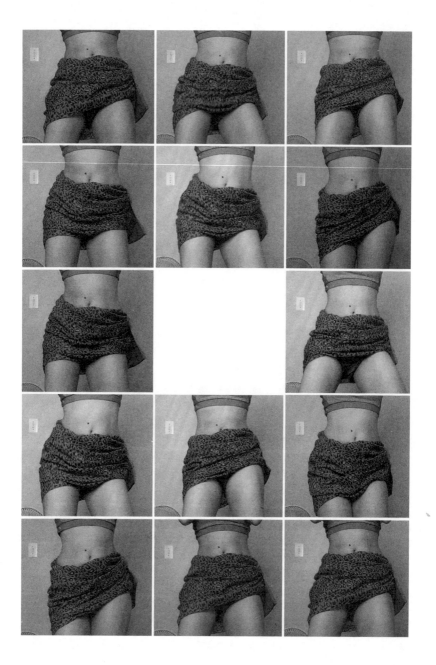

Sistema de som

aqui a gente aprende
tudo junto, no fervo, coletivo
a dois: reggae é dança de
salão

são luís, lá de cima, abençoa
a DJ do outro lado, outro
santo, são paulo

sou dessas que faz
o impossível num
inverno: um cropped e
meu umbigo em
sacrifício.

Live

    nunca tanta   raba
                             de fora
                             fora
    vista   online

    de dentro de   suas casas
    as mina   sacode
    as coxa
    ao som   de algum
    DJ recifense

    pois
    se tudo   ela produz
    tudo a ela   pertence

    dr. bunda-dura do
                             sudeste
    promete

    acabar com   o seu
                           culote

    após duzentas horas de
    treino

    & outras receitas veganas
    pra quem   não fode
    há muito tempo

Gender Trouble

os homens que ficam comigo
obviamente não
gostam só
de mulheres

há de se explicar o gosto
por outra coisa
incerta

que não assinala em
mim outra
coisa
senão
abjeta

Charme

tô amando, você diz.
no gerúndio. algo está acontecendo.
é charme. basta uma dezena de palavras
e logo gamo
no teu sotaque.

Artista total

curadora escritora
professora pesquisadora
crítica literária minha própria
consultora de moda
minha própria personal
trainer minha própria
instrutora de yoga e
dona de casa

Imitatio

imitar diligentemente as
poetas do século passado

poderia me garantir uma
vaga naquele estágio?

Monogamia

essa economia de afetos custa
mas nem por isso demando a
tradição.

ser exclusiva também tem seu
preço:

ontem mesmo vi seus amigos
na quadra jogando

pelada
descanso na sala com
os pés pra cima
e

como me dói a cabeça!

Pós-humana

a menina está crescen-
do e não há na-
da que possa contê-
-la / por todos os la-
dos a menina cresc-
e
braços peitos náde-
gas / nas co-
xas a marca de
uma zebra

Brazilian Butt Lift

nenhuma delas nasceu com aquela
ainda que perdurem nas telas

e tenham nomes e capitais
para financiar as próprias taras

prosperam no projeto "dona de casa"
mesmo fora de moda

uma aula de *Brazilian rhythms*
pra se destacar na prateleira

a latina gostosa é uma ameaça
o vizinho árabe é uma ameaça

um conterrâneo trajado de palhaço
também é uma ameaça

falam "*America*" em tom universal
nenhuma delas nasceu com aquela

não é só bunda: é depilação,
unha, três conto cada

nada satisfaz mais uma ocidental
do que a alma elevada.

Chora enquanto dança

Desde que deixou de ser tutelada pelo pai,
Britney Spears tem feito vídeos de si mesma
num ponto fixo da sala,
de sua casa,
descalça,
com as cortinas fechadas.

No modo retrato, frontal
Britney executa uma gama de movimentos
que compõem seu corpo-arquivo e que a
consagraram como performadora: vão pelos ombros,
quadris, ventre, braços, joelhos,
juntos e isolados. Mas são os giros
— que coexistem nos contos ritualísticos e
psiquiátricos — que fazem a cantora
compor a lista das que ficaram
histéricas.

Como se não bastasse o giro, também
vem o choro, o que endossa ao público —
especialmente o masculino — de que a
mulher ficou louca, a mulher é louca e de que
a dança é loucura.

Cabeça

a trouxa de roupa que minha vó carrega na cabeça
a força da cabeça é a força das ancas

ancestrais ambas

Artista total II

roteirista figurinista
prestadora de contas
prestadora de pequenos
serviços e reparos
organizadora minha
própria revisora minha
própria agenciadora
minha própria
intérprete de
libras minha
própria
tutora

Jornada da heroína

eu e minhas
amigas de calça
jeans e top
preto. fico no
meio pois meu
cabelo é
vermelho.

mando um bip pro
boy. me entupo de
chá preto — não bebo
— mas danço bem.

pique *olha, não
mexe* só que sem
chefe e ninguém se
faz de príncipe e
muito menos de
rei.

mas não sou trouxa e
também quero ficar de
boa, por cima, e,
leonina, aproveito
a batida na hora que
a MC cantar:

não sou mais menina

O voo do passista

no frevo

        o bailarino

encolhe cada dedo

        arrisca o corpo

todo

        de fato

especialmente

        o metatarso

com o calcanhar

        ele varia

transita entre a

        terra

e o ar

        o bailarino

não se apoia

        mas sempre tem

uma banda

        (orquestra fina)

para o apoiar

Breguei safada

voltou de Americana
cheio de *motifs*
sertanejos

eu disse, "calma, bebê",
o caminho não é bem esse

(ainda que eu tope
a carona de uma
caminhonete)

"ah, esse agro é
tão sem graça…"

eu breguei safada
e ele nunca nem viu
uma vaca

Discreta na caminhada

discreta na caminhada pisa macio
só faz barulho pra balançar
cada um dos pingentes:
são peixes
espelhos e
figas
de guiné

o segredo pra rebolar está:
na posição do pé

QUEDA

Olhos d'água

para Conceição Evaristo

Tristeza alguma demove a anciã que em casa habita.

Quando pesa a lágrima
do mau presságio ou
quando as coisas se desviam
da ventania
ela, vagarosa,
se resguarda e,
em seguida, as folhas
separa.

A senhora aprende com a prole,
a natureza move e a imita.

A filha se prepara
e não sabe:

a natureza é que imita.

Conversa da vovó nos fundos de casa

eu mesma era uma criança
no reconcavozinho de Deus-me-livre
no reconcavozinho do recôncavo de verdade

                notou, minha filha?
                o que disse sua reconca-
                vovozinha?

Junguiana

Depois que me lançaram à cova,
esperei por leões, tigres-de-bengala,
uma matilha abestada.

Mas vieram homens mezzo calvos,
mezzo cabeludos, na faixa dos cinquenta,
com relógios de pulso dourados e uma colocação
em gabinete público no interior
do estado de São Paulo.

O enamorado e o diabo

Mamãe me olha como quem diz: "ó, já tá na hora".
Aponta pra saia rosa — nessa idade, já quer a prole pronta.

Noivar ou não noivar com o obreiro que
dirige o grupo de oração dos meninos que
resistem no banheiro e tiram dúvidas sobre o que
deve acontecer depois do casamento.

Eu fico com um pé fora e outro dentro.
A jardineira que obrigada visto faz um vinco
rente à coxa (minha bunda cresce pros dois lados).

"Luisinha tá de guarda hoje?", constrange a pastora.

Prefiro mesmo a filha dela, que me dá choque
quando chega discreta, passa na minha perna esquerda
a fivela gelada da sandália melissa e, baixinho, avisa:
"não é pecado pro lado de fora, não é pecado
se ninguém avista".

A mulher 30+

a mulher 30+ quer abrir a geladeira e ver o pote de geleia
    [fechado na primeira prateleira — ao lado do tapauer
        [com verdura

a mulher 30+ brigou cem vezes com os pais, mas sempre
    [reata, pois não há coisa mais plácida do que se limpar
        [com papel higiênico de folha dupla

a mulher 30+ tem libido baixa e colesterol alto, mas tenta
    [se equilibrar cortando frituras, fazendo yoga e
        [dançando às sextas de salto alto

a mulher 30+, ao cumprimentar homens, não deixa que
    [eles encostem no rosto — a não ser que queira e,
        [quando quer, gruda mais um pouco

a mulher 30+ venceu a síndrome da escolhida,
    [desconstruiu a monogamia e, crítica, pensa em
        [ter filhos

a mulher 30+ não pensa em sair da periferia e acha um
        [tédio os amigos novos-ricos

a mulher 30+ se preocupa com a aposentadoria, com a
    [inteligência artificial e, principalmente, com o preço do
    [simulador de sexo oral — aquele com formato de
        [boquinha

a mulher 30+ pensa, às vezes, em morrer cedo

a mulher 30+ precisa — e como precisa —
dormir um fim de semana inteiro.

Canto para Janaína

em memória de Janaína Bezerra

irmã, eu já estive ali
nesse mesmo espaço onde
homens graduados burlam

irmã, minha amiga já esteve ali
a minha mãe, minha vó
uma tia que não conheci
uma vizinha da minha idade, filha
única

uma preta jornalista vingaria todos,
uma preta, duas pretas, todas
que são orgulho pra família
toda, todas com beca e
diploma
vingarão.

A queda do b-boy

não há descanso nem abaixo
e nem acima do peito

talvez hoje ele consiga domar
seus braços finos,
pulsos fracos

com o olhar fixo na sujeira do
rodapé do quarto, o b-boy
dispõe de inúmeras
fórmulas de se submeter
a uma queda

todas fracassam e
todas dão certo.

Exposed

passo muito tempo olhando pra tela e
do outro lado ele ainda mantém uma vida
paralela e

faz ele isso desde os vinte e tantos com
a ex e um cachorro vira-lata só de corpo e
cuja cara — ele dizia, só a cara —
era de raça e

fazia da ex-sogra uma mãe que ele não
tinha pois seu mau caráter o botou pra fora da
própria família e

no lugar de amante novinha, eu soube de todos
os detalhes — até os que eu não queria —
e não deu outra: quando a oficial voltou da alemanha
casou-se com ela e

teve uma filha chamada
bethânia.

Orfandade

para uma filha bastarda
meio natal em família basta

Não

Não fazer a simpática. Recusar sem cerimônia quaisquer convites para festas, beberagens, convescotes e tudo mais.

Não sorrir por obrigação.
Não ler por obrigação.

Não dar o outro lado da cara.
Não ser cristã e nem outra coisa.

Não beijar uma, nem duas bochechas.

Não correr o risco de ser noiva.

Outro bar (feat. *Tamara Kamenszain*)

Odeio São Paulo
e nada glorifica
a errância
deste verso que sequer é
a letra de um rap.

Que eu odeie
toda intenção de dizer
"minha cidade"
sob a chuva cinza
ou sob a marquise branca.

Já não escrevo
e nem sou seduzida
pela pobre alma de seus bairros
ou pelo seu estilo de vida
caminho sem nenhuma
compaixão.

    Sou uma flâneuse vã:
    de dia com o dinheiro na camisa
    de noite com o celular no sutiã.

Totemismo

A história dos homens nos ensina
que a barba é signo de mudança,
não somente física.

Até o século XII, dizem, Jesus Cristo
era representado sem barba. Esforços
da igreja para congregar a massa — que já
conhecia a imagem de Deus-pai —, a barba,
um signo de poder, calhou de se tornar
o salvador da vez.

Deuses pagãos se apresentavam
barbados. Eram viris, másculos,
sexualizados. Em um conto clássico,
o mais famoso dos bárbaros assassinava
suas esposas e as guardava num quarto.

Também a mesma história dos
homens diz que as mulheres são dependentes
dos ícones. E que, talvez pela herança da
bruxaria — ou por serem consideradas
fracas demais para abstrações divinas —,
eram aguerridas na defesa de suas
estátuas, bibelôs, memorabilias.

Você é um homem
e que habita a história dos homens;
mas o motivo que o faz manter

os pelos da cara, meu caro — apesar da
cabeça calva —, é bem outra.

Se sente respeitado, um homem
sexy, maduro, embora a use como disfarce
do rosto marcado de acne. Jamais seria capaz
de encostar um dedo numa mulher,
jura. Jamais. Um velho, você diz, com diploma
de helenista, não um menino com um
subemprego. E que, apesar da história toda,
sabe ler bem em grego.

Família

toda mulher da minha   família sustenta
os braços de seus homens que
a despeito da   família
mantêm os
seus   casos

toda mulher
da minha   família mantém
os cotovelos rachados

Emily e Rebecca

        hoje trancei o cabelo da
            mais velha

o dia inteiro envolvida

        nas mãos dela
            contamos até
            cinco

        nas minhas mãos
        fizemos dez
        mechas

        trancei o cabelo da
                mais nova
                que agita a cabeça
não ajuda

            o óleo de coco
            que ajuda

            besunta besunta besunta
            besunta besunta besunta

domingo é o único dia
que vejo as duas
juntas

Os etíopes não cortarão seus cabelos até que Ras Tafari retorne do exílio

para Lucas

reclamo do cabelo   que cresce
reclamo   que perdi
a mão e o
cabeleireiro   e que
minha tesoura anda

                           cega

reclamo do cabelo   justo
para quem

                         meu amor
que cresce   junto
                 com meu cabelo
o cabelo dele
que cresce   se
não me engano
há mais de dez
anos   arrastando
               no tapete

               esfregando no
               meu baixo
               ventre

Oração a um assistente social

que a Deusa fortaleça meu homem hoje
no trabalho pesado entre outros homens
que partilham das mesmas dores
de nossos pais
avós e bisavós
ancestrais

que não nos falte o
afago da mãe e
que a mãe seja
sempre afagada

amém.

Copyright © 2024 Bianca Gonçalves

Todos os direitos reservados. Nenhuma parte desta obra pode ser reproduzida, arquivada ou transmitida de nenhuma forma ou por nenhum meio sem a permissão expressa e por escrito da Editora Fósforo.

DIREÇÃO EDITORIAL Fernanda Diamant e Rita Mattar
COORDENAÇÃO DA COLEÇÃO E EDIÇÃO Tarso de Melo
COORDENAÇÃO EDITORIAL Juliana de A. Rodrigues
ASSISTENTES EDITORIAIS Cristiane Alves Avelar e Rodrigo Sampaio
REVISÃO Eduardo Russo
DIRETORA DE ARTE Julia Monteiro
PROJETO GRÁFICO Alles Blau
EDITORAÇÃO ELETRÔNICA Página Viva

Dados Internacionais de Catalogação na Publicação (CIP)
(Câmara Brasileira do Livro, SP, Brasil)

Gonçalves, Bianca
   Quadril & Queda / Bianca Gonçalves. — São Paulo : Círculo de Poemas, 2024.

   ISBN: 978-65-84574-96-0

   1. Poesia brasileira I. Título.

24-199583   CDD — B869.1

Índice para catálogo sistemático:
1. Poesia : Literatura brasileira   B869.1

Eliane de Freitas Leite — Bibliotecária — CRB-8/8415

circulodepoemas.com.br
fosforoeditora.com.br

Editora Fósforo
Rua 24 de Maio, 270/276, 10º andar
01041-001 — São Paulo/SP — Brasil

A marca FSC® é a garantia de que a madeira utilizada na fabricação do papel deste livro provém de florestas gerenciadas de maneira ambientalmente correta, socialmente justa e economicamente viável e de outras fontes de origem controlada.

CÍRCULO DE POEMAS

LIVROS

1. **Dia garimpo.** Julieta Barbara.
2. **Poemas reunidos.** Miriam Alves.
3. **Dança para cavalos.** Ana Estaregui.
4. **História(s) do cinema.** Jean-Luc Godard (trad. Zéfere).
5. **A água é uma máquina do tempo.** Aline Motta.
6. **Ondula, savana branca.** Ruy Duarte de Carvalho.
7. **rio pequeno. floresta.**
8. **Poema de amor pós-colonial.** Natalie Diaz (trad. Rubens Akira Kuana).
9. **Labor de sondar [1977-2022].** Lu Menezes.
10. **O fato e a coisa.** Torquato Neto.
11. **Garotas em tempos suspensos.** Tamara Kamenszain (trad. Paloma Vidal).
12. **A previsão do tempo para navios.** Rob Packer.
13. **PRETOVÍRGULA.** Lucas Litrento.
14. **A morte também aprecia o jazz.** Edimilson de Almeida Pereira.
15. **Holograma.** Mariana Godoy.
16. **A tradição.** Jericho Brown (trad. Stephanie Borges).
17. **Sequências.** Júlio Castañon Guimarães.
18. **Uma volta pela lagoa.** Juliana Krapp.
19. **Tradução da estrada.** Laura Wittner (trad. Estela Rosa e Luciana di Leone).
20. **Paterson.** William Carlos Williams (trad. Ricardo Rizzo).
21. **Poesia reunida.** Donizete Galvão.
22. **Ellis Island.** Georges Perec (trad. Vinícius Carneiro e Mathilde Moaty).
23. **A costureira descuidada.** Tjawangwa Dema (trad. floresta).
24. **Abrir a boca da cobra.** Sofia Mariutti.
25. **Poesia 1969-2021.** Duda Machado.
26. **Cantos à beira-mar e outros poemas.** Maria Firmina dos Reis.
27. **Poema do desaparecimento.** Laura Liuzzi.
28. **Cancioneiro geral [1962-2023].** José Carlos Capinan.
29. **Geografia íntima do deserto.** Micheliny Verunschk.

PLAQUETES

1. **Macala.** Luciany Aparecida.
2. **As três Marias no túmulo de Jan Van Eyck.** Marcelo Ariel.
3. **Brincadeira de correr.** Marcella Faria.
4. **Robert Cornelius, fabricante de lâmpadas, vê alguém.** Carlos Augusto Lima.
5. **Diquixi.** Edimilson de Almeida Pereira.
6. **Goya, a linha de sutura.** Vilma Arêas.
7. **Rastros.** Prisca Agustoni.
8. **A viva.** Marcos Siscar.
9. **O pai do artista.** Daniel Arelli.
10. **A vida dos espectros.** Franklin Alves Dassie.
11. **Grumixamas e jaboticabas.** Viviane Nogueira.
12. **Rir até os ossos.** Eduardo Jorge.
13. **São Sebastião das Três Orelhas.** Fabrício Corsaletti.
14. **Takimadalar, as ilhas invisíveis.** Socorro Acioli.
15. **Braxília não-lugar.** Nicolas Behr.
16. **Brasil, uma trégua.** Regina Azevedo.
17. **O mapa de casa.** Jorge Augusto.
18. **Era uma vez no Atlântico Norte.** Cesare Rodrigues.
19. **De uma a outra ilha.** Ana Martins Marques.
20. **O mapa do céu na terra.** Carla Miguelote.
21. **A ilha das afeições.** Patrícia Lino.
22. **Sal de fruta.** Bruna Beber.
23. **Arô Boboi!** Miriam Alves.
24. **Vida e obra.** Vinicius Calderoni.
25. **Mistura adúltera de tudo.** Renan Nuernberger.
26. **Cardumes de borboletas: quatro poetas brasileiras.** Ana Rüsche e Lubi Prates (orgs.).
27. **A superfície dos dias.** Luiza Leite.
28. **cova profunda é a boca das mulheres estranhas.** Mar Becker.
29. **Ranho e sanha.** Guilherme Gontijo Flores.

Que tal apoiar o Círculo e receber poesia em casa?

O que é o Círculo de Poemas? É uma coleção que nasceu da parceria entre as editoras Fósforo e Luna Parque e de um desejo compartilhado de contribuir para a circulação de publicações de poesia, com um catálogo diverso e variado, que inclui clássicos modernos inéditos no Brasil, resgates e obras reunidas de grandes poetas, novas vozes da poesia nacional e estrangeira e poemas escritos especialmente para a coleção — as charmosas plaquetes. A partir de 2024, as plaquetes passam também a receber textos em outros formatos, como ensaios e entrevistas, a fim de ampliar a coleção com informações e reflexões importantes sobre a poesia.

Como funciona? Para viabilizar a empreitada, o Círculo optou pelo modelo de clube de assinaturas, que funciona como uma pré-venda continuada: ao se tornarem assinantes, os leitores recebem em casa (com antecedência de um mês em relação às livrarias) um livro e uma plaquete e ajudam a manter viva uma coleção pensada com muito carinho.

Para quem gosta de poesia, ou quer começar a ler mais, é um ótimo caminho. E para quem conhece alguém que goste, uma assinatura é um belo presente.

**CÍRCULO
DE POEMAS**

Este livro foi composto em GT Alpina e GT Flexa e impresso pela gráfica Ipsis em abril de 2024. A menina está crescendo e não há nada que possa contê-la.